양탄자가 떠있는 방

양탄자가 떠있는 방

초판인쇄 | 2021년 10월 20일
초판발행 | 2021년 10월 22일

지 은 이 | 고윤희
편집주간 | 배재경
펴 낸 이 | 배재도
펴 낸 곳 | 도서출판 작가마을
등 록 | 2002년 8월 29일 제 2002-000012호
주 소 | 부산광역시 중구 대청로 141번길 15-1 대륙빌딩 301호
T. 051248-4145, 2598 F. 051248-0723 E. seepoet@hanmail.net

ISBN 979-11-5606-175-5 03810 정가 10,000원

※ 본 책은 한국예술인복지재단 '창작준비금지원 – 창작디딤돌'사업의 지원을 받았습니다.

한국예술인복지재단

작가마을 시인선 48

양탄자가 떠있는 방

고윤희 시집

도서출판 작가마을

■■■ 시인의 말

호수 위를 나는
새 한 마리

잔물결의 흐느낌을
풀들의 사연을
듣는다

괜찮아 괜찮아
자꾸만 하늘에 쓴다

눈가를 닦으며 말한다

다시 돌아올 때까지
기다릴게

다짐을 안고
산으로 간다
힘차게

2021년 가을
고윤희

고윤희 시집

작가마을 시인선 48

차례

양탄자가 떠있는 방

제2부

고윤희 시집

차례

제3부

제4부

양탄자가 떠있는 방

고윤희 시집 · 작가마을 시인선 48

제1부

눈물버섯

눈물을 가득 지니고 태어난다 껍질눈물버섯은 짊어진 것이 많아 눈물 흘린 뒤 젖은 껍질을 한 겹 벗는다 솜털눈물버섯은 어려운 살림에 눈물 흘리며 털썩 주저앉는다 흰눈물버섯은 손으로 찔끔찔끔 하얀 눈물을 찍어낸다

한가득 모은 울음통을 구름 그릇에 비우면 하늘은 그릇을 쏟는다 우산을 늘 지니고 있을 만큼 비 오는 날을 좋아한다

흠뻑 젖은 숲은 여기저기서 훌쩍거린다 눈물버섯의 하루를 엿보았기 때문이다

한바탕 속이 시원하게 울었기 때문이다

껍질이 한 겹 생긴다 아팠던 마음이 한 꺼풀 자란다

태어나 처음 우는 것처럼, 다시 울 준비를 한다

후일後日

그는 의자입니다

거칠고 검었던 말투가 삭은

머리의 흰 구름
속을 비워낸 흔적입니다

눈동자를
보았습니다
캄캄한 동굴 속
들여다보고 있는

이승에서 볼 것은 더 이상 없다 말합니다

하늘이
그 자리를 지킵니다

의자가 되어 떠났다는 소문을 듣습니다

낡은 공원 한구석,

오늘 걸어온 작은 의자에 걸터앉습니다

오래된 의자의 궤적을
생각합니다

심해어

물이 가득 찬 방안은
수심 200미터의 해저다

조금 벌어진 커튼 사이로

눈은
눈치를 살핀다

아직 펼쳐보지 않은
몇 권의 젖은 책들

히키코모리 생활은 건강을 해친다는
구절
넘기기가 쉽지 않다

밑줄 친 부분을
코르크판에
압정으로 꽂는다

마음을 가다듬고

방 문고리를 돌려본다

수면 위로
잔물결이 인다

태양과 고양이의 동거

검은 집
1층 태양의 집엔
얼룩 고양이들이 세 들어 산다지
지붕에서
낮잠을 즐긴다지

집으로 향하는 태양은
대문 앞을 지나친다지

가로등 아래
데킬라 한 잔 더 비우는

바다로 향하는 집 한 채
출항 준비를 서두를 때
폭풍은 창문을 흔들어대고
고양이들은 꼬리를 치켜세우며
버틴다지

고양이들은 저들끼리
먼 바다로 향한다지

〉

현기증의
닻을 내리면

꿀잠 자던 주인, 2층에서
힐끔 내려다본다지

아침

집게손가락으로 동그라미를 그린다

되돌아오는 메아리
오늘도 아침이다

빈자리를 맴돌던 상상의 원은
끝을 알 수 없는 숲속을 헤치고
여울의 시린 발목을 붙든다

계절과 상관없이 낙엽이 진다

토스트 한 조각이 있는 식탁은
시간의 한가운데를 바라보며 식어간다
화살은 언제나 무덤 주위에 낭자하다
그림자들이 조용히 일어나
생각의 끄트머리를 줍고 있다 끝없이

어디선가 뼈를 갉아먹는 소리
고개 들어보니
어둠을 등에 진 새 한 마리

부리를 벼리고 있다

빗줄기가
동그라미의 심장을 후벼 파고 있다

사이렌

그녀 곁엔
자신을 괴롭혀온 미련이 있다
핸드폰에 저장된 이름을 하나씩
지워나간다

질끈 감은 두 눈은 신을 찾기 시작한다

매달린 전등 언제나 캄캄하다

끊어진 버둥거림

다행인가 불행인가

변명을 쏟아내는 눈빛

사이렌 소리가 지나간다

예견된 고통

응급실의 수액은

추락하는 시간
혈관을 타고 흐른다

귓바퀴에 메아리치는 아이의 울음소리
먹구름은 낮게 사방을 헤맨다

별 걸 다 말하는 남자

호프집 구석 테이블

사흘 밤을 새며 흐린 하늘을 바라보았다는 그가
혼잣말을 중얼거린다

나는 서쪽 하늘 별을 좋아해요
육 개월쯤 후 어쩌면 별이 될 수도 있답니다
별을 가져본 적 있으세요?
나를 닮은 별을 낳아줄 수 있나요?
어릴 적에 어머니가 돌아가셨어요
유치원 짝지가 엄마 같아 늘 따라다녔죠
놀이터에서 그 애와 그네를 탔어요
뭉게구름에 닿을 것 같았죠
어디론가 떠나는 것 같기도 했구요
나는 사막으로 갈 거예요
그곳에 집을 짓고 오아시스를 만들 거예요
향기 나는 측백나무도 심을 거예요
우체부가 찾아올 수 있도록
그리고 첫사랑을 기다릴 겁니다
두 손 꼭 잡고 한날한시에 별이 되자고 했거든요

〉

그녀는 벌떡 일어나 자리를 뜬다

뒷모습이 사라질 때까지

맥주잔을 만지작거린다

흩어지는 마음이

비둘기들의 발치로 모여든다

아사餓死

– 시나리오 작가 최고은 님을 기리며

낭떠러지가
손가락 사이를 비집는다

비수는 방향을 틀어 되돌아온다

손날을 베어내는 건
열두 개의 지평선
심장을 끌어당긴다

절벽에, 핀 한 송이 꽃은
발걸음을 버리는 이유가 된다

추락을 훔쳐본 오늘의 눈동자

떨어지고 싶다는 건 떨어지고 싶지 않다는 것

화살촉 가득한 빈 창자에
밥 한 그릇, 김치 한 사발

모로 누운 낭떠러지에서

날개 찢긴 나비,

떨어진다

후두둑, 비

날개를 잃어버린,

구름까지 함께 다녀온 그가
얼굴을 돌린다

시곗바늘
심장에 꽂힌 채

순간들이
돌멩이로 구른다
피를 뚝 뚝 떨어뜨린다

스며든 핏물이
발등을 울린다

마음은 다른 곳에
묻어두었을 거야

오늘도 그날로 채워지고

숨 쉬는 순간마다 회오리치는

왼쪽 날개 잃어버린,

다락방의 혼잣말

이름을 부르며
허공을 붙들었다

목덜미가 여린 작은 새,
깃털 하나 떨어트렸다

창가의 죽음이
그의 몸을 덮어주었다

이루어질 수 없는 사랑은
찢어버린 편지가 되어
중얼거렸다

담장 밖에서 서성이던 옆집 그녀는
숫기 없는 청년과 마지막 입맞춤을 했다

창백한 알약

사람들은 장례를 치르며 수군거렸다
옆집 처녀를 건드렸대요

〉

문고리에 매단 마른 강아지

발버둥을 쳤다

운명 한 자락

어느 귀족의 배설물이
머리 위로 떨어지는,
우연이 우연으로 막을 내리는

그녀가 좋아하는 책을
사귀고 싶은 그가 펼쳐보는 장면
우연히 목격하는 것,
필연의 시작을 알리는 종소리

사랑은 단 하나의 은유에서 생겨날 수 있다*

우연은 은유의 옷가지들
잘 짜여진 직물은 한 자락 운명이 된다

하지만 악마가 커튼 사이로 훔쳐보는
은유의 유리창은 산산조각 나고 만다

질투의 화신은
오해의 얼음덩어리를 던지고
에로스가 가꾼 정원을 파헤친다

〉

우박이 떨어진 책갈피에 구멍이 뚫린다
확인되지 않은 불신의 늪

애무를 갈망하던 눈빛
먼지 뒤덮인 거리에서도
짙은 안개 속에서도
벽난로의 불꽃과 잉걸을 기억하는 것

사랑에 대한 오욕을 명징하게 하는 것은
영혼이 닮은 두 사람의 향기

* 밀란 쿤데라, 〈참을 수 없는 존재의 가벼움〉에서

선인장

오늘도 그녀와 보색의 문을 열어젖힌다
깊고 탁한 강물 속으로 한없이 가라앉는

강바닥에
뱃가죽을 깔고
커다란 돌멩이 등에 얹고 떠오를 줄 모른다

배가 부풀어오른다
강물이 강둑을 넘는다
강변의 풀들이 다리를 꺾는다

넌 너무 힘을 주고 있어

잎이 무성한 나무에 머문 따뜻한 햇살을 향한다

사랑하지 못하는 건 이기적이기 때문이야
누군가 말하는 소리

배가 고프다
하얀 쌀밥 한 공기 비운다

가벼워진다

그녀의 전화번호를 찾는다

열대야

우물가에서 잠든 붉은 태양
문득 눈을 뜬다
하룻밤을 채울 수 없다는 듯
한밤을 끌어올린다
땀방울 돋아난 가지마다
잎사귀들
먹구름을 재촉한다

맨발로 집을 나선 사내
우물가를 서성인다
발자국을 버린다
뒷짐 진 손에서
한여름이 흘러내리고
온몸을 적시는
바람 소리 집어든다
뒷모습을 끌고
숲으로 들어간다
소나기가
숲 속을 채운다

깨진 거울처럼

바위 아래 엎드린
눈동자가 굴러간다

슬쩍 훔친 소매 끝에
강물이 출렁거린다

옷 한 벌 다 적시고
젖은 하루를 붙든다

입속말을 따라
젖은 꽃이 핀다

손가락 마디마디

깨진 거울처럼
하루가 어긋난다

모래 거울

바람의 결을 따라
머리칼을 뒤덮는
발자국보다 많은 모래알갱이

사구砂丘를 넘는다
저기 또 다른 사구가
무거운 다리를 잡아당긴다
무릎이 빠지고
모래 구덩이, 울부짖는 고함 소용없는

누군가 던진 돌멩이,
거울은 쉽게 깨진다

입과 코와 눈이 스르르 사라진다
언덕이 생기고
부르튼 입술, 금이 간 눈동자,
피가 엉겨붙은 코가 흩어진다

부서진 거울을 피아노 위에 뿌린다
눈동자의 흐느낌이

건반을 두드린다
손길 같은 노래가
모래 구덩이에 가닿는다

바람의 발걸음이 있다

모래 위에 별이 뜬다

애벌레의 하루

그녀는 오늘도 혼자다
배달음식이 식어 있다
하루 한 번 확인하는 문밖
그릇은 입맛이 없다

시체놀이를 한다
한 시간 후 전화벨 소리
–응~ 통화 중이었어~
 무슨 일이야?~
–아니, 그냥…
 별 일 아니야 다음에 통화해
 나 지금 바빠!

거실에 커다란 pool을 만들어
수영 연습을 했건만
나비 무늬 수영복을 입고 헤엄을 친다
바다로 간다
돌고래 꼬리를 움켜쥐고
겁에 질린 채

대문을 열고
상상을 저지른다

누에가 토해 놓은 실이 스스로를 묶는다
번데기가 된다

양탄자가 떠있는 방

고윤희 시집 • 작가마을 시인선 48

제2부

정오

얼굴을 구긴 고아처럼

포도에 뒹구는 나뭇잎

바람의 뒤로

말투 같은 마른 길로 걸어간다

나뭇가지에
냉정한 햇살이 내려앉는다

통점

바스러질 몸
바람의 손 안이면 좋겠다

저녁의 호주머니

검은 태양을 에워싼 별빛들
해안선을 따라 걸어요

구멍난 호주머니 밤새도록
빛을 잃고 있는 것도 모르죠

생각을 지우는 희미한 꽃들

모래가 된 모래는
아침이 두려워요
빛을 꺼내본 적이 없었거든요

파도는 물거품이 되는 통증을 견뎌요
모래의 어두운 표정을 읽죠

수평선에 뿌리 내린 나무
윤슬 이파리를 물고
바닷가로 온몸을 밀어내죠

꽃들이 저녁의 호주머니를 꿰매고
오늘 피어나고 있지요

겨울 계단

발자국의 거리에서

녹이 슨 계단을
오르다 보았네

달의 뒤에서 걸어온 눈물이
분화구 같은 구멍에
파도가 없는 구멍에
층층이 고이는 것을

불우한 노래를 부르는 것을

눈으로 만든 사람의 코가
점점 길어지네

걸음마다 숨 쉬는 너를

다 오르지 못한
층계참에
콧노래를 묻어두고

〉

내려오네

돌이켜 걸어가다보면

너는, 나의 언 발자국 발자국들

책 읽는 바다

묶지 않은 긴 머리는 바닷가에 어울린다

바닷바람은 머리칼을 매만지기 위해 분다

파도 소리에 수평선의 눈꺼풀이 떨린다

바닷가를 걷는 건 미지에서 온 책을 읽는 것

책 속으로 밀려드는 물거품, 자음과 모음을 지운다

서랍 속에서 출렁대는

별빛을 쥐고 그대 뒤를 따르리

모래알 같은 문장들

물보라로 긴 머리를 헹구고
소금기는 책 속에 남겨두고

바다에 씌어진 이야기에 별빛을 비추어본다

스케치북

하얀 도화지 뒤에 서 있었다 달을 생각하고 있었다 한낮의 달빛은 어슬한 무렵이 될 때까지, 뒤척이는 달빛을 물고 있다 손아귀에 쥔 달빛을 하얀 도화지 위에 뿌린다 흩어지는 달빛이 푸르다 반쯤 남은 수평선을 끌고 도망간 갈매기, 붓을 든 채 도화지를 한 입 한 입 베어먹는다 달빛 같은 입술

문 앞에서 망설인다 열쇠를 꼭 쥐고 두 눈을 질끈 감는다 서랍 깊숙이 숨겨둔 입구를 슬며시 꺼내왔지 발걸음은 보이지 않는 곳을 서성거린다 비스듬히 기우는 쪽으로 귀가 쏠린다 실수는 구멍에서 잊어버린 열쇠 전율은 나무들의 침묵 속에 묻힌다 만발한 정원은 취하도록 야릇한 챙 넓은 모자를 벗어든다 두 눈에 반사되는 햇빛을 감았다 뜬다 서둘러 달려 나온 이걸 어쩌지! 길은 열리지 않는다

수런거리는

스탠드 불빛 아래 그림자가 산다
긴 연필과 사색에 든 그림자
끄적이는 것은 낙서

그림자는 연필 끝을 바라본다
또르르 손끝을 스치며 맺히는
그를 향해 번져간다

어둠의 테두리에서 하얀 새들이 날아오른다
먼 데서 돌아오는 검은 새가
날개를 접는다

하얀 종이는 그림자들의 수다로 수런거린다
맘껏 펼쳐놓았다 그만 지워버린다

속마음 가득 채우고
페이지 곁을 서성이다
깃털 흩어진 구석에 몸을 누인다

그림자는 뜬눈으로 밤을 지새운다

〉

하루를 빗물이 지운다

마카롱

파스텔톤 페인트로 거실을 꾸민다
분홍색은 오른쪽 벽
연두색은 왼쪽 벽
천장은 하늘색

사흘 만에 완성한 나의 작품
꽃무늬 가방 메고 베이커리로 향한다

들여다보이는 창가
마카롱이 한눈에 들어온다
버튼을 누른다
형형색색의 동그라미
작은 거실이 거기에도 있다

소파에 앉아 흥얼거리며
마카롱 한 입 베어 문다
왼쪽 벽이 맛있다
오른쪽 벽이 더 맛있다
하늘색은 남겨둔다
비오는 날 냉장고에서 날 기다릴 것이다

〉

나는 달고 새콤한 거실에 산다

내일은 꽃집에 들러

리시안셔스 한 다발 품에 안고 와야지

비가 오면 좋겠다

장맛비 혹은 우울

우울은 비와 함께

우산 없이 진흙탕을 걷던
뒤축 닳은 신발과
늘어진 옷가지

질척한 기운이 떠돈다

소파 구석에 웅크리고 모로 눕는다
놓이지 않는 이름
하얀 벽지 위에
지울 수 없는 인장으로 새겨진다

밤의 적막이 살갗에 닿는다
어둠 속에서도 가려지지 않는 얼굴

뒷모습이 환영처럼 따라다닌다
순간 사라질 것 같아,
차라리 눈먼 이가 된다

숨결은 잠재우기가 쉽지 않다
눈동자를 가만히 기다려준다

길어진 장마는 샤워로 지워내는데
베란다에 씻어둔 운동화
밤새 눈물을 머금은 채 서 있다

장맛비가
소리친다

나도 이 세상이 쉽지 않아

발자국마다 무채색

밤은 그저 잠을 자는 때
전등 켜놓고 책상에 엎드려 새벽을 맞는다

그 별

나를 깨운 별 하나
꼬박 밤을 새우게 한다

마음 깊은 곳에
사과꽃이 피기 시작한다

발자국마다 무채색의 향기
구석이 없는
그를 닮고 싶었다

밥 먹었어요?
조용한 말소리

비가 내리자
우산을 내밀던 그

받아드는 나의 손이
떨렸다

빛이라 말하고 싶은 것 어른거려
가까이 갈 수 없었다
부끄러움이
나무 이파리가 나를 숨겨주길 바랐다

책갈피 틈에서 돋아난 새싹
의미 하나

저마다의 세계로 돌아간다

눈이 부셨다

램프를 켜다

저녁을 찾아 램프를 켠다 배고픈 아이들은 식탁에 낯설고 나는 마른 빵과 우유를 차린다 빈 접시 하나, 식탁은 아이들에게 나무의자를 내어준다 제 몸을 핥고 있던 고양이에게도 의자 하나 식탁보를 잡아당기는 조그마한 접시에 우유를 덜어준다 우유가 묻은 수염을 정성 들여 닦는다

램프 가까이에서 책을 읽는다 빈 접시는 남겨두고 식탁을 치운다 늦은 시간 아이들은 침실로 가기 위해 삐걱거리는 나무계단을 오른다 램프의 불을 조금 줄이고 내 나이만 한 흔들의자에 앉아 스웨터를 뜬다 잠깐 졸다 실타래를 떨어트린다 천천히 타래를 감는다 한 코 한 코 어둠을 뜬다 시간 속에서 고양이가 발등을 비빈다 식탁 한쪽엔 언제나 빈 접시 하나 놓여 있다

나의 어린 왕자

그는 가서 오래 앉아 있고 싶은 온실
사막에 가기 전에 만난 장미꽃

그에게 사과를 건넸지
손이 빨갛게 서쪽에 물들었지

가보지 못한 길에 들어섰지

뱀에게 물린 상처를 껴안고 그의 곁에 머물까
그냥 사막이 되어버릴까

기쁜 말들이 사라지고
그의 별들이 희미해져가고

겨울 별자리를 찾아서 나는
오래오래 떠나고 있다

변산

내가 노을을 바라볼 때
너는 노을이 되어야겠다고 다짐했다지

텅 빈 하늘 가득
가난한 우리를 닮는다

짝사랑이 이루어질 때
노을은 한 번 더 붉어진다

지는 해
온몸으로 스며드는

입술
노을과의 키스

노을밖에 없는 내 고향,
떠날 땐 옆구리에 담으리라

부용수리거미

청동거울 속에서 허물을 벗는다 드디어 어른이 되었다 집을 떠난 나는 굶는 날이 많았다 나만의 집을 짓지 못해 배에 힘을 주고 질긴 길을 푼다 기둥은 튼튼하게 부엌은 더욱 세심하게 짓는다 그릇장은 참나무 옆에 씽크대는 오리나무 옆에 아빠는 스파이더맨의 의상을 세 벌이나 만드셨다 여덟 개의 손은 실을 짜는 데 제격이다 비가 온다 하늘이 보석을 내려주는 날이다 살짝 아프던 배가 가라앉는다 내일은 오늘보다 아름답고 반짝이는 집을 지을 수 있을 거다 내일은 더 깊은 숲으로 이사 가야겠다

파니니

파니니가 눈치를 보고 있다
커피는 지루한 듯 딴 생각을 젓는다

비바람 몰아치는 카페
잊고 있으면 떠오르는 관계

식어버린 파니니

들뜬 기분으로 준비한 선물은 주머니 속에서 잊혀진다

시간은
그녀의 책장을 넘기며
나의 핸드폰을 만지작거리며

그녀의 장점과 단점,
빨간색의 단점이 두드러진다
초미니스커트와
망사스타킹을 즐기는 여자에 대한 선입견

물잔이 쏟아지면

옷 버렸다고 짜증낼 것 같은

바람이 돌덩이를 날려버리고 있다

모처럼의 관계가 카페 문을 밀치고 나온다

양탄자가 떠있는 방

고윤희 시집 · 작가마을 시인선 48

제3부

보호색

나 닮은 나무 한 그루 보았다

가지에 앉으려 험한 산길 오래 걸어왔다

하늘나무는 새 가지를 뻗는다

어느 날 문득 둘러보니 가지에 앉은 것들이 많더라
하늘만 바라보는데 나뭇가지에 앉은 것들이 많더라

하늘을
지켜주고 숨겨주는 것들이 많더라

쏟아지는 햇살

검은 나무들이 자란다는 곳

당신의 무덤을 찾아 나섭니다

햇살은 엄숙하게 시듭니다

어느 묘지에서 머뭇거리는 순간

묘비들이 수런거립니다

여기도 아니예요
네발나비가 길잡이예요

어디에 그 나비가 있나요

쏟아지는 햇살 속에 있어요
자, 눈을 감아보세요
마술처럼 날아올 거예요

태양이 뜨면

영혼들은
제 무덤 속으로
발을 묻는다는데

해가 지지 않는다는 당신의 무덤가로 인도해줄 거예요

맨발에 기대다

리본이
매듭을 푼다
바구니는 양말을 삼킨다

색색의 리본을 풀 때마다
나비들의 표정이 날아다닌다
쌓이는 꽃잎들

구석에 앉아 매듭을 푼다
울창한 대나무 숲이 펼쳐진다
눈물자국,
축하 카드를 읽는다

안간힘

창문을 연다

바람이 태양의 꼬리를 푼다

햇살은 눈시울에 고인다

화가, William Turner

언젠가 문틈으로 보았다
내가 내 무덤을 파고 있는 꿈

말을 타고 해골이 달린다
말발굽 소리에 어둠이 달겨든다

스산한 뼈들
커튼을 걷고 창문을 연다
칠흑 같은 공기가 방 안을 떠돈다

습기 가득한 시간
한적한 밤거리를 달려
묘지에 간다

우두커니
나의 生이 멈춘 곳을 바라본다

바이올린을 켜지 않는
만년의 나는 나의 죽음을
예감한다

동경

우리는 드넓은 잔디밭에 나란히 팔을 베고 누워
별을 올려다보았다

은하 속에서
소멸해가는 것들에 대하여 이야기를 나누며
빛의 속도만큼이나
부끄러워졌다

내일은 네가
이국으로 향하는 날

마음은 무수한 백지 모퉁이에서 서성거렸다

시작은 있으나 끝이 없으니

잉태된 사랑

너를 憧憬하는 새벽
눈물자국이 번진 심장의 두근거림
낮게 울리는 오르간 소리

〉

온갖 두려움이 참된 고독이 되었노라

메시지를 보낸다

이중섭의 마지막 일기

하늘을 나는 물고기 올라타고 솟아오른다
현해탄 건너 섬나라는 너무나도 멀구나

물고기를 껴안고 한바탕 춤을 춘다
아이들이 보고 싶다

낚싯대 드리우고 바다를 유혹한다
남덕이가 물고기 요리하는 모습이 어른거린다

생각에 잠긴 베개만큼 큰 물고기 배에 이마를 기대고 거닌다
그림을 그린다

게 다리에 발가락을 잡혀 간지름을 탄다
맨발로 누워 있으면 모래밭 걷는 착각에 빠진다

엉덩이 치켜세우고 물구나무 선다

쏟아지는 꽃비를 맞으며 젖은 새를 안아 준다
내가 나를 위로하는 유일한 순간

〉

나는 본다

달빛에 걸린 까마귀 떼의 눈알

오줌발에 놀란 닭들

카페 싱클레어

터벅터벅,
도착한 곳은 카페 싱클레어

대천공원으로 이어진 길들이 창을 두드린다

회색 빗방울을 섞은 요리는 진행 중이다

꿈틀거리는 파스타

타로 카드를 펼쳐 운명을 걸어본다

물 위로 떠오르는 가리비 껍데기

정원수에 내걸리는 시름과 안도

과거에서 벗어나는 방법을 알려주소서

여자가 턱을 괴고
커피잔을 만지작거린다

시선이
문틈을 비집는다

사랑이었을까

검은 강 깊이 가라앉은 적, 있었다

혼자서 사랑한 적,
날아갈 듯 가벼웠던 적,
매일을 기다렸던 적, 있었다

강물처럼
끝없는 눈물에 빠진 적, 있었다

오래도록 허우적거린 적, 있었다

거울 속에
무겁게 잠긴 적, 있었다

그러면
사랑하고 싶을까

이유 없이 화가 나는 순간이,
사랑일까

밤을 입은 고양이

쓰레기 뭉치처럼
맨발 밤새도록 뜬눈이다

길고양이
도로 한가운데로 빠져든다

헤드라이트가
눈을 찌른다
절룩대는 길
일그러진 방향으로 횡단한다

클랙슨 소리가 어둠을 가른다
급브레이크는 바퀴 자국을 남긴다

죽음은 꼬리를 감춘다

그믐달이 빗금을 긋는다

밤하늘이
흩어진 달무리를 핥는다

천용이

바람결에 스스럼없는

손끝에서 수채화가 되는

무궁화꽃이 피었습니다! 휙
뒤돌아본다

멈칫, 하지 못하는 내 동생

무궁화꽃이 피었습니다 –

동생이 가쁜 숨을 내쉬며
뒤돌아본다

가만히 동생을
그린다

액자 속에 머문 천용이

눈을 감는다
폭포의 자세가 얼어붙는다

향기

찔레꽃 향기에
찔립니다

두 눈에 담으려 하니
산이 요동을 칩니다

쓰디쓴 향기

시듭니다

우리는
꽃내음입니다

몽타주

무대 뒤에서
발끝만 바라본다

잘 속여야 한다

민머리 감춘 잿빛 수염

모자 속에서
둥지를 찾는 새소리 요란하다

객석이 울렁대는 건 박새들의 날갯짓 때문

탁자 위에 식탁보를 씌우면
잎을 상실한 겨울이 시작된다

두서없는 박새들

엉성한 박수를 받고
무대를 내려오는 마술사

미완성의 날이
귀퉁이에 서 있다

Virus

쳇바퀴를 돌린다

소리의 민낯이
가구 모서리에 부딪힌다

구석에 처박힌 손가락은
핸드폰의 꼭짓점을 늘어뜨린다

얼굴을 지운다
나는 어디로 갔는가

열이 오르기 시작하는 도시
침실도 덩달아 열병을 앓는다

모래 바람 이는 운동장을 가로질러
급히 빠져나오는 마스크

신호등의 눈꺼풀
빗줄기가 엉킨 보행로

초라한 몰골들이
가로수 옹이에서 기어나온다

충혈된 눈빛들이 곁눈질을 한다

금이 간 쇼윈도
칼바람에 베인 표정이 추락한다

회상

세 개의 코를 가진 벽이
숨을 쉬고 있었지
들숨을 세 번 읽었지
꽃가루에 코를 움켜쥐자 날숨이
세 번 굴러 나왔지
종달새 한 마리 휙 지나가며
깃털을 떨어트렸지
해일이 밀려오지 않았기에
몇백 년을 떠다녔지
풍선이 하늘 높이 날아가는 걸 본 종달새가
태양을 향해 무모한 날개를 펼쳤을 때
우주가 숨을 죽였지
풍선이 강렬한 햇빛에 터지고
종달새도 추락했지
에게해에 잠긴 사체
이빨을 드러냈지
숨결을
벽이 받아주었지

제4부

인간의 조건*

붉은 양탄자 떠있는 방에는
물음표가 하나 매달려 있다
정교하게 자른 벽
고개 숙인 캔버스는
하늘 한 조각
훔친다
모래밭에 가라앉은 사람들은
뜨거운 바다를 잊은 지 오래다

내가 사는 이유가 뭐지?
답하는 구름
어느 곳에도 없다

꺼질 것 같은
검은 공 하나
그 경계가
흔들린다

* 르네 마그리트

넘어질 듯

그가 결정하지 않은
어릴 적
척추성 소아마비

걸음을 뗄 적마다
비쩍 마른 엉덩이가 실룩거린다
우스꽝스럽게 보이는,

손을 잡아주고 싶은

넘어질 듯 넘어질 듯
기운다

커다란 돌멩이를
오른쪽 어깨에서 왼쪽 어깨로
왼쪽 어깨에서 오른쪽 어깨로
뚜벅뚜벅 옮긴다

밤하늘처럼 투명한
뿔테안경 눈동자

〉

꿰뚫어보는 눈빛

오른쪽 다리를 길게 왼쪽 다리를 짧게 사는
그만의 세계가 핀다

웃는 입가에 흐드러진 꽃잎
입술이 열릴 때마다 꽃향기 날린다
두 손에 받아드는 나

평범한
우리

첫눈

허공이 휠체어에 앉는다

노인의 하루는 기억에서 지워진 나날들로 채워진다
늘 무언가를 중얼거린다

늙은 거미가 집을 짓던 단칸방
꺼져가던 숨으로 흘린 마지막 말,
아들아, 젖은 곳으로는 가지 마라—

검버섯은
밀린 병원비를
모른다

아들은 구걸하듯 친척집 대문을 두드린다
개 짖는 소리가 귀청을 때릴 뿐
늘어진 어깨가 층계 끝에 밟힌다

임종을 지켰던 휠체어
생시 같은 어머니의 꿈을 만난 날
요양원을 찾은 빈 손

식사를 말끔히 비웠다는 뜬금없는 소리에
수전증은 손을 흔들어댄다

첫눈이 흩날린다

사막 읽기

불시착한 달빛
외투를 움켜쥔다

서쪽 끝에서 숨죽이던
모래 언덕을 넘는 달빛

달그락거리던 쥐 떼들

불꽃을 치켜든
사막여우
달빛의 꽁무니를 쫓는다

한낮을 기다리는 소데가우라
바람 소리 만지작거린다
태양을 찾아 두리번거린다

F. Chopin

젖은 머리카락에서 미끄러져내리는

실루엣이 피아노 건반에 기댄다

텅 빈 방을 두드리는

하현달

새벽으로 마음이 기운다

심장을 조각내는

선홍빛

허술한 의자에 웅크려 앉은

발데모사 수도원이 저 혼자

뚜벅, 뚜벅, 걸어온다

한 옥타브 아래에서 빗방울이 구른다

감나무 여름

소나기에
단추 떨어진 옷처럼
꿰맨 자국이 남는다

햇볕에
번진 어깨를 들썩거린다

구름에 등 떠밀린
숨을 내쉰다

매미 소리에 뒤척이는 열매들

지친 발목이 따갑다

비밀

입속에서 빠져나온 말이 거미줄을 친다 거미줄에 걸린 다양한 이웃들과 알고 지낸다 이상한 이웃이 걸려들었다 내 비밀을 말할 것 같지 않은 이웃이다 내 비밀을 잘 이해할 것 같지 않은 이웃이다 건성으로 내 비밀을 들어줄 것 같은 이웃이다 내 속의 숨은 이야기를 마음 놓고 털어 놓는다 내 이야기가 비밀인지도 모르는 이웃이다 그런 이웃이 편할 때가 있다 누군가의 거미줄에 걸려들어 나도 편한 이웃이 되고 싶다

아파트 비스듬한 지붕 그 위를 비스듬히 걷는 하늘이 자유롭다 불현듯 코르코바도 산 정상의 거대 예수상 조건 없는 두 팔 누군가 그 위에서 찍은 셀카 사진 표정이 자연스럽다 하늘과 가까이 목숨을 담보로 한 경지가 아득하다

Mayday

오늘도 바람이 분다
나를 닮은 나와 식사를 한다

창가엔
까마귀가 덮칠 듯 날아든다
먹구름이 엎질러진 하늘

정오를 가리키는 시계의 건전지를 제거한다
초침을 버린다

그때 울리는
초인종 소리
외로움이 불러들인 관계,

그를 어둠 속으로 밀어버린다
펼친 책, 밑줄을 긋는다
첫 페이지 첫 문장 '구해줘'

비명이 들린다
벗어나야 한다

〉

날카로운 빛이 거실을 찢는다
세 번째 초인종 소리와 천둥소리

덜그럭거리는 문고리
심장의 박동 소리가 창문을 깨뜨린다

난파선이 가라앉고 있다
젖은 커튼이 두 팔을 크게 휘젓는다

schizophrenia

은사시나무 6월의 잎들이 산산조각 나네

맨홀 속으로 곤두박질치네
아파트 옥상 난간에서 울부짖네

햇볕 쨍한 날 먹구름이 쏟아지네

하늘을 닫아 버리네

검은 흙 속에 기대어
잠 속으로 달아나네

악몽이 잠을 깨우면
허우적거리네

잠에 취해 불어난 살점들

폭우에 갇힌 날

누구도 대신할 수 없는
눈물

탄생

거울을 품은 연못의 가슴이 뛴다

치자꽃이
기지개를 켠다

연못가에
발자국을 내려놓는 이슬,

물푸레나무의 눈동자,

손을 내미는 첫 순간을
지켜본다

꽃잎 흩날리며 피어난
첫사랑의 시작

거울 속에 꽃밭이 있다

연못이 열린다

십자가

벽 속에 바람이 산다

이천 년 전부터 기척을 내고 있던
벽이 부른다

태곳적 등대의 희미한 불빛으로 서 있는

벽 사이를 비집고 솟구치는

선명해지는

지금 이 순간 무엇이 되는

두 손으로 물기 어린 얼굴을 가린

바람벽

골고다 언덕을 바라보는 벽

두서없는 방

비행청소년 같은 헛소문이
갉아먹은 심장
핏줄이 길을 잃었다

손가락질하는 크고 작은 눈동자들
정수리까지 당겨 뒤집어쓴 이불 속 라디오
음악 소리

귓바퀴 비집는 환청
밤은 서늘한 사막이 되어 노려보고

구토를 뱉어낸다
두서없이 쌓인 숨소리가
차가운 벽에 부딪혀 고함을 지른다

세상 어디에도 치명적인 나락을 피할 수 없다

차마 떨어지지 않는 발걸음이
하얀 병실 앞에 선다

무중력의 나날

정신병원 입구에서
그녀는 갑자기 힘이 빠진다
버티고 서 있는
이들 때문이 아니다
한밤중,
환하게 새어나오는 전등 빛에
눈이 부셨기에

락스 냄새가 코를 찌른다
들어선 6인실,
침대가 불안에 떤다
알약을 몰래 뱉어버리는 입

무중력의 병동,
길고 긴 복도
이쪽 끝에서 저쪽 끝까지
그녀의 슬리퍼는 쉬지를 않는다
발등에 죽어가는 붉은 꽃이 핀다

하늘을 가른 창살,

햇살이 눈을 찌른다
얼굴 없는 검은 나무가 기웃거린다

허공은 편하지 않다

고요한 실내
아무것도 보이지 않는 것 같은 환자복들이
어슬렁거린다

안으로 잠긴 정복의 방
틈으로 주시하는 눈

표류

바다를 달리는 그녀
뚫어지게 쳐다보는 등대 빛에
길을 잃는다

쫓아오는 빛의 꼬리에 박힌
서늘한 눈동자

물의 기둥에 둘러싸인,
기둥 사이를 비집고 침범하는 물살에
휩쓸린

별들이 우수수 떨어지는
바다 한가운데
별의 꼭지가 손가락을 벤다

맨발의 발가락을 흘린다
발톱에 맺힌 검은 피

거친 파도가 표류하는 시간은
지칠 줄 모르고

〉

울고 있는 새벽,

밤하늘에 매달린

수만 개의 어리석은 눈

에이는 마음

산책

첼로 연주는
밤을 걷는다

머리카락 끝에 앉은 나비가
구두를 벗어든다

사뿐 발을 디딘다

별들의 소리를
거둬들이는 밤

내려앉은 어깨 솔
장미 꽃잎은

별빛 홀로 별빛이고
달빛 홀로 달빛이다

은밀한 대화는 새장 속에서
그네를 타는 것

치맛자락을 숨긴다

진주 굴러가는 소리를
달빛에 건다

Albireo

화살표를 따라오세요
벽을 만나면 간단해요
훌쩍 뛰어넘으세요
순간 벽이 낮아질 테니까요
가뿐하게 넘으면
풀밭을 밟을 거예요
새들의 지저귐이 요란할 거예요
오른쪽으로 왼쪽으로
위로 아래로
화살표가 웃는 방향으로
눈길을 돌리면
꽃이 만발한 정원일 거예요
인적 없는 그곳을 거닐다보면
작은 배 한 척 발견할 거예요
밤이 되면 은하수에
그 배를 띄울 거예요
함께 가실래요

동경과 현실재현 그리고 상상의 힘

최휘웅(시인)

18세기에서 19세기에 걸쳐 살았던 영국의 비평가 리이 헌트(Leigh Hunt 1784-1859)는『시란 무엇인가』란 저서에서 시를 '진리와 미와 힘에 대한 열정의 발언'이라고 했다. 그리고 열정은 현실에서 받는 심각한 인상에서 발생하는 심각한 정서로 봤다. 그래서 열정에는 수난을 동반한다. 예수가 십자가에 못 박히는 수난은 인류에 대한 사랑의 열정이 실현된 사건이다. 이처럼 어떤 일에 열정을 가지는 것은 몸과 마음으로 수고하는 일이며 수난하는 일이다. 종교뿐만 아니라 시에 있어서도 아픔과 고통은 늘 있어왔다. 시에 바치는 열정은 시인의 고통을 자양분으로 시를 성숙하게 한다.

고윤희 시인은 이 시집으로 시인이라는 고난의 길에 들어섰다. 고시인은 독실한 가톨릭 신자다. 예수가 십자가를 지고 골고타 언덕으로 향하듯 고통의 짐을 지고 시의 길로 들어선 셈이다. 그런 열정으로 고윤희 시인은 시의 세계를 더욱 깊고 넓게 확장해 가기를 바라면서 그의 첫 시집 발문을 쓴다.

이번 시집을 일독하고 난 뒤 머릿속에 남은 인상은 미지의 세계에 대한 동경과 현실적 고통을 우회하는 자의식의 발로이다. 그의 현실인식은 결코 긍정적이지 않다. 그런데 부정적 현실에 온몸으로 대응하는 투쟁적 의지는 보이지 않는다. 오히려 현실 너머 피안의 세계를 지향하는듯하지만 딱히 그렇다고 단정하기도 어렵다. 그가 믿고 있는 종교적 사유가 시의 전면에 등장하지도 않는다. 그의 언어는 현실의 부정적 세계를 우회해서 어떤 상상의 세계에 닿아 있는데, 그 정신세계가 딱 무엇이라고 말하기 어려운 모호성이 있다.

1

고윤희의 시에서 미지의 세계에 대한 동경은 현실에 안주하지 못하는 자의식의 발로로 읽혀진다. 유토피아에 대한 동경이이거나 꿈꾸는 자의 몽상적 세계와는 거리가 있다. 언어미를 추구하는 시적 상상력이 개입하면서 현실과 비현실이 동거하는 시의 공간을 만들어낸다. 동경은 현실 너머를 지향하는 심리현상인데, 현실에 자족하지 못하는 자의 자의식에서 파생하기도 한다. 아직 한 번도 가 본적 없는 미지의 세계에 대한 막연한 호기심이나 갈망을 내포한다.

그는 가서 오래 앉아 있고 싶은 온실
사막에 가기 전에 만난 장미꽃

그에게 사과를 건넸지
손이 빨갛게 서쪽에 물들었지

가보지 못한 길에 들어섰지

뱀에게 물린 상처를 껴안고 그의 곁에 머물까
그냥 사막이 되어버릴까

기쁜 말들이 사라지고
그의 별들이 희미해져가고

겨울 별자리를 찾아서 나는
오래오래 떠나고 있다

–「나의 어린 왕자」 전문

생텍쥐페리의 소설「어린 왕자」에서 소재를 구해온 시다. 제목과 내용에서「어린 왕자」가 연상된다. 우리가 어린 시절에 읽었던 미지의 세계에 대한 동경과 모험 정신을 환기하면서 시인의 정신적 편력을 엿보게 하는 작품이다. 여기서 "그는"은 화자가 동경하는 미지의 대상으로 볼 수 있다. 화자에게 있어서 "그는"은 "오래 앉아 있고 싶은 온실"로 존재 의미가 규정된다. 이것은 여자들이 결혼하기 전에 흔히 소망하는 이성異性의 가치일 수도 있다. "사막(고난의 여정)에 가기 전에 만난 장미꽃"은 그를 만나기 전에 가졌던 그에 대한 미화된 환상이다. 그에게 다가가는 일은 "가보지 못한 길"로 표현되는 미지의 세계로 가는 길이고 그 과정은 황홀한 설레임을 수반한다. 이를 표현한 것이 "손이 빨갛게 서쪽에 물들었지"하고 진술하는 2연이다. 그러나 그 결과는 긍정적이지 않다. 동경의 대상이 현실이 되면 만나기 전에 가졌던 존재 의미는 사라진다. 꿈은 깨지고 상처만 남는다. 상처를 안고 그대로 살면서 사막(가치 잃은 삶)이 될까를 고민해야 하는 처지에 놓이게 된다. 그의 존재가치는 희미해지고 마음은 이미 또 다른 행성을 찾아 떠나는 어린 왕자가 되어있다. 이 시의 묘미는 남녀가 만나기 이전과 이후의 과정을 어린 왕자가 존재 의미를 찾아 행성을 떠도는 것과 동일화 하고 있는데 있다. 전혀 다른 두 가지의 사실(사물)을 동일 관계로 인식하는 은유의 세계를 구현하고 있는 점이 특히 돋보인다. A에서 B를, B에시 C를 인식하는 비유의 능력은 곧 시인이 구사하는 시적 능력으로 평가될 수 있다.

고윤희 시인이 갈망하는 세계는 형이상학적인 유토피아가 아니다. 속세와 등진 무릉도원도 아니다. 벽돌 쌓듯 하나하나 쌓아가는 안락한 삶이다. 그것을 구현하고 있는 것이 다음 시다.

> 청동거울 속에서 허물을 벗는다 드디어 어른이 되었다 집을 떠난 나는 굶는 날이 많았다 나만의 집을 짓지 못해 배에 힘을 주고 질긴 길을 푼다 기둥은 튼튼하게 부엌은 더욱 세심하게 짓는다 그릇장은 참나무 옆에 씽크대는 오리나무 옆에 아빠는 스파이더맨의 의상을 세 벌이나 만드셨다 여덟 개의 손은 실을 짜는 데 제격이다 비가 온다 하늘이 보석을 내려주는 날이다 살짝 아프던 배가 가라앉는다 내일은 오늘보다 아름답고 반짝이는 집을 지을 수 있을 거다 내일은 더 깊은 숲으로 이사 가야겠다
>
> -「부용수리거미」 전문

이 시에서 '부용수리거미'는 T.S Eliot이 「전통과 개인의 재능」에서 말한 객관적 상관물(등가물)이다. 이 시가 표면적으로는 부용

수리거미의 생태를 의인화 하여 이야기 하고 있지만 거기에 의탁하여 시인이 동경하는 삶의 모습을 형상화하고 있다는 점에서 그렇다. 엘리옷은 시인의 정서나 말하고자 하는 바를 표현하기 위하여 가지고 온 사물을 시인의 정서와 값이 같다는 의미로 등가물이란 용어를 썼다. 의인법은 비정신적, 비유기적 대상을 유정화 하는 비유법이다. 의인의 대상과 화자의 의식이 상호 침투하여 동일선상에 놓이게 한다. 그리하여 장자가 말한 만물제동萬物齊同의 세계가 열린다. 너와 나, 사물과 인간이 서로 침투하여 다른 것이 아니라 같은 것이란 세계관을 반영하는 표현기법이다. 여기서 부용수리거미는 화자의 의식과 동일선상에 있다. 그렇기 때문에 부용수리거미의 행위는 시인이 동경하고 있는 삶의 양상으로 해석되어진다. 이 시에서는 거미가 허물을 벗는 것은 어른이 되는 것으로, 그리하여 독립가구를 이끌어야 하는 짐을 지게 된다는 점에서 인간의 삶과 다를 바가 없다는 인식을 깔고 있다. 거미가 열심히 거미줄을 치는 행위가 인간의 집짓기와 다를 바가 없고, 더 확대하여 아빠가 스파이더맨의 의상을 만드는 것도 가족을 위하여 일하는 인간의 행위와 동일 의미로 묶인다. 고난을 감수 하면서도 "내일은 오늘보다 아름답고 반짝이는 집을 지을 수 있을 거"란 희망 때문에 "더 깊은 숲으로 이사 가야겠다"는 다짐도 더 나은 집, 더 튼튼하고 행복한 집을 위하여 평생을 바치는 인간의 생애를 그대로 반영한 표현이다.

램프 가까이에서 책을 읽는다 빈 접시는 남겨두고 식탁을 치운다 늦은 시간 아이들은 침실로 가기 위해 삐걱거리는 나무계단을 오른다 램프의 불을 조금 줄이고 내 나이만 한 흔들의자에 앉아 스웨터를 뜬다 잠깐 졸다 실타래를 떨어트린다 천천히 타래를 감는다 한 코 한 코 어둠을 뜬다 시간 속에서 고양이가 발등을 비빈다 식탁 한 쪽엔 언제나 빈 접시 하나 놓여 있다

—「램프를 켜다」 2연

고윤희 시인이 동경하는 삶을 잘 표현한 시가 「램프를 켜다」이다. 서양영화의 한 장면을 옮겨온 것 같은 이 시는 조용하고 고즈넉한 분위기를 연출한다. 평화가 있고 안락한 정서가 지배한다. 서녁이면 램프 곁에서 책을 읽을 수 있고 낡은 흔들의자에 앉아 스웨터를 뜰 수 있는 삶은 생존경쟁으로 혼탁한 현대에서 과연 누릴 수 있는 것인가? 아직도 지구의 한 쪽에서는 포성이 그치지를 않고 난민이 쏟아지고 있다. 이런 현실과는 너무 거리가 먼 평화요 안락이 아닐 수 없다. 그렇기에 더욱 시인은 영화에서 보았을 이런 장면에 매료되는 것일지도 모른다. 현실처럼 그려져 있지만 결코 현실이 될 수 없는 이런 세계를 시인은 동경한다. 현실이 아니기 때문에 더 평화에 대한 열망을 갖게 되는지도 모른다.

이런 안락한 삶에 대한 동경은 「마카롱」이란 제목의 시에서도 잘 드러난다.

파스텔톤 페인트로 거실을 꾸민다
분홍색은 오른쪽 벽
연두색은 왼쪽 벽
천장은 하늘색

사흘 만에 완성한 나의 작품

꽃무늬 가방 메고 베이커리로 향한다

– 「마카롱」의 앞 부분

분홍색, 연두색, 하늘색으로 거실을 꾸미는 행위에서 자족하는 삶의 즐거움 같은 것이 느껴진다. 이 시의 거실 공간은 화자에게 안락한 즐거움을 주는 평화의 세계다.

이상에서 고윤희 시인이 추구한 동경의 세계를 살펴보았다. 그가 동경하는 세계는 결코 형이상학적이거나 거대한 현세적 성공담과 같은 것이 아니다. 현실적이면서 비현실적인 작은 세계에 그의 의식이 가 있다. 소박한 꿈을 꾸고 있다고 볼 수 있다. 처녀시절에 가졌던 이성에 대한 꿈, 성인이 되어서 갖게 되는 집짓기와 같은 현세적인 꿈, 그리고 「램프를 켜다」에서 보았던 평화와 안락에 대한 꿈은 소시민이면 누구나 품고 있는 일상적이고 보편적인 것이다. 그러나 아무리 소박한 꿈이라도 현실에서 쉽게 구현되지 않는다. 그렇기 때문에 시인은 이런 세계를 동경하는 것이 아닐까 싶다.

2

아리스토텔레스는 시학에서 자연 모방론을 주창했다. 그 이후 시는 현실재현, 또는 현실을 반영한다는 이론이 줄곧 있어왔다. 시인도 환경의 지배를 받기에 현실로부터 자유로울 수는 없다. 문제는 현실을 어떻게 인식하고 그것을 시에 반영하느냐 인데, 고윤희의 시집에서도 현실에 대한 인식을 드러내는 작품이 상당수를 차지한다. 고시인의 현실 인식은 상당히 어둡다. 현대의 어두운 단

면들을 들추어내는 경우가 많다. 정신병원이나 아사한 시나리오 작가에 대한 이야기가 그렇고 코로나가 휩쓸고 있는 도시 삶에 대한 천착이 그렇다. 그의 시에 등장하는 현실은 회색 이미지이거나 검은 이미지로 그려진다. 탈출구를 찾지 못하고 겉돌고 있는 현대인의 자의식을 그대로 보여주고 있다.

쳇바퀴를 돌린다

소리의 민낯이
가구 모서리에 부딪힌다

구석에 처박힌 손가락은
핸드폰의 꼭짓점을 늘어뜨린다

얼굴을 지운다
나는 어디로 갔는가

열이 오르기 시작하는 도시
침실도 덩달아 열병을 앓는다

모래 바람 이는 운동장을 가로질러
급히 빠져나오는 마스크

신호등의 눈꺼풀
빗줄기가 엉킨 보행로

초라한 몰골들이
가로수 옹이에서 기어나온다

충혈된 눈빛들이 곁눈질을 한다

금이 간 쇼윈도
칼바람에 베인 표정이 추락한다

–「Virus」 전문

이 시는 코로나 바이러스가 유행하고 있는 작금의 현실을 반영한다. 연일 쏟아져 나오고 있는 코로나 감염 환자들에 대한 보도가 뉴스의 중심을 이루면서 비대면의 시대를 살아야 하는 현대인의 고통을 담아내고 있다. 비대면 시대에서는 친지나 이웃과 함께 하는 삶이 없다. 거기에다 마스크로 얼굴을 지우고 있기 때문에 나의 부재의식에 시달린다. 바깥출입을 마음대로 할 수 없으니 방구석에 갇혀서 애꿎은 핸드폰만 누른다. 소통의 갈증이 차오른다. 거리에서는 서로 곁눈질하기 바쁘고 사람이 모이는 장소는 피해 다녀야 하는, 바이러스에 대한 공포가 만연한 현실을 이 시는 보여준다.

정신병원 입구에서
그녀는 갑자기 힘이 빠진다
버티고 서 있는
이들 때문이 아니다

한밤중,
환하게 새어나오는 전등 빛에
눈이 부셨기에

락스 냄새가 코를 찌른다
들어선 6인실,
침대가 불안에 떤다
일약을 몰래 뱉어버리는 입

–「무중력의 나날」 전반부

시 「무중력의 나날」은 정신병원의 현실을 그린다. 정신병동의 회색적 분위기를 느끼게 하는 이미지들이 전개된다. 환자의 불안의식도 잡힌다. 치매환자가 늘어나면서 정신병원은 이제 우리들 가까이 있다. 고령화 사회로 접어들면서 우리는 너나 할 것 없이 언젠가는 요양병원의 신세를 지게 될 것이란 막연한 공포가 있다. 어떻든 이 시는 정신병원을 소재로 현대의 어두운 현실 단면을 부각시킨다.

낭떠러지가
손가락 사이를 비집는다

비수는 방향을 틀어 되돌아온다

손날을 베어내는 건
열두 개의 지평선

심장을 끌어당긴다

절벽에, 핀 한 송이 꽃은
발걸음을 버리는 이유가 된다

추락을 훔쳐본 오늘의 눈동자

떨어지고 싶다는 건 떨어지고 싶지 않다는 것

화살촉 가득한 빈 창자에
밥 한 그릇, 김치 한 사발

모로 누운 낭떠러지에서
날개 찢긴 나비,
떨어진다

—「아사餓死」 전문

시나리오 작가 최고은님을 기리며 란 부제가 붙은 시다. 시나리오 작가 최고은이 아사했다는 보도를 보고 그 충격이 이 시를 쓰게 했으리라. 헌트는 현실에서 심각한 인상을 받았을 때, 심각한 정서를 일으키게 되고, 그것이 곧 시적 열정이 된다고 했다. 이 이론은 그대로 이 시에 적용된다. 즉 최고은의 죽음에 대한 보도가 준 강렬한 인상이 이 시를 쓰게 된 동기가 된다는 뜻이다. 한 작가의 죽음을 통하여 현대가 안고 있는 모순을 시인의 촉수는 감지한다. 재화가 넘치는 현대 사회에서 아사란 가당치도 않은 사건이다. 풍요한 사회의 이면이 적나라하게 드러나는 순간이다. 빈부의 격차가 몰고 온 이런 현실에서 시인은 절망할 수밖에 없다. 아니 시인은 망자가 생전에 얼마나 절망의 낭떠러지에 서 있었을까를 생각하며 처절한 아픔을 느낀다. 이런 정서가 이 시의 배면에 있다. 화자는 한 인간이 가난으로 절망에 빠진 정신을 "절벽에, 핀 한 송이 꽃"으로 미화한다. 그리고 죽음에 이르는 처절한 과정을 "화살촉 가득한 빈 창자", "낭떠러지에서/ 날개 찢긴 나비"로 형상화 한다. 죽음을 침혹한 이미지로 형상화함으로서 망자에 대한 애도의 감정은 시의 이면으로 숨게 된다. 이 시는 의도적으로 조사弔詞의 형식을 외면하고 있다. 그러나 망자를 애도하는 심정을 직접적으로 표출하고 있지는 않지만 기본적으로 조시의 성격을 지닌다. 한 인간의 억울한 죽음에 대한 연민이 시의 배면에 있기 때문이다. 이 시의 부제도 그런 시의 성격을 암시한다.

3

앞에서 현실에 직면하여 현실이 주는 강렬한 인상을 시로 견인하고 있는 작품들을 살펴보았다. 현실 재현의 시들이라고 말할 수 있을 것이다. 그러나 필자가 이 시집에서 주목한 부분은 상상의 힘이 작동하고 있는 시들이었다. 시가 언어의 예술로 승화하기 위해서는 상상력에 기대는 바가 크다. 바슐라르는 '상상한다는 것은 현실을 떠나는 것이며, 새로운 삶을 향하여 돌진하는 것'이라고 했고, 때문에 '상상력은 하나의 상태가 아니라 인간의 실존 그 자체이다.'라고도 했다. 이것과 저것의 대척점에서 시인은 그것을 초월하기 위하여 고뇌한다. 시인은 이승에서 저승을 보기도 하고, 차안에 뿌리를 두고 있으면서도 피안을 꿈꾸는 자이다. 이런 대척적인 세계를 시란 하나의 통합된 장으로 이끄는 힘이 상상력이다. 시적 상상력은 쾌락을 동반한다. 이것이 시에서 구현되는 이미지의 힘이다. 이미지가 상상력의 소산이란 것은 불문가지不問可知다. 이번 시집에는 화가 윌리엄 터너와 이중섭의 그림, 그리고 쇼팡의 음악을 제재로 하여 시적 상상력을 보여주고 있는 작품이 특히 주목되었다.

언젠가 문틈으로 보았다
내가 내 무덤을 파고 있는 꿈

말을 타고 해골이 달린다
말발굽 소리에 어둠이 달겨든다

스산한 뼈들
커튼을 걷고 창문을 연다
칠흑 같은 공기가 방 안을 떠돈다

습기 가득한 시간
한적한 밤거리를 달려
묘지에 간다

우두커니
나의 生이 멈춘 곳을 바라본다

바이올린을 켜지 않는

만년의 나는 나의 죽음을

예감한다

―「화가, William Turner」 전문

화가 윌리엄 터너는 18세기에서 태어나 19세기에 죽은 영국의 화가다. 빛의 화가란 별칭과 풍경화의 거장이란 평가를 받는다. 특히 그는 풍부한 상상력의 풍경화와 격렬한 느낌의 해양화로 유명하다. 이 시는 터너의 그림에서 유추된 어떤 상상의 공간을 읽게 한다. 터너의 그림에서 받은 강렬한 인상이 시의 모티브다. 그래서 화가의 이름을 시의 제목으로 썼을 것이다. 이 시는 현실 재현의 시와는 확연히 다르다. 몽환적인 분위기가 지배한다. 어둡고 칙칙한 죽음의 세계를 꿈꾸듯 펼쳐 보여준다. 화자는 1연에서 "내가 내 무덤을 파는 꿈"을 "문틈으로 보았다"고 진술한다. 이 진술은 1연 이하의 내용을 구성하는 이미지들이 꿈에서 본 몽환의 세계를 형상화 한 것이란 걸 암시한다. 꿈은 정신분석학에 의하면 무의식이 어떤 구체적 형상으로 잠에서 나타나는 것을 말한다. 꿈꿀 때는 이중 자아가 나타난다. 1연의 '내가 문틈으로 나를 본다'는 것이 바로 그것이다. 이 때 꿈속에 등장하는 나를 내안의 타자라고 한다. 랭보도 일찍이 내안에는 수많은 타자가 있다고 말한 적이 있다. 2, 3, 4연은 꿈에서 본 죽음의 세계를 형상화 한 것이다. "말을 타고 달리는 해골", "스산한 뼈들", "습기 가득한 시간", "한적한 밤거리", "묘지" 등의 이미지들은 드라큐라 같은 공상 영화가 연상될 정도로 음산하고 섬뜩하다. 이 시에서 1연이 꿈으로 진입하는 단계라면, 2, 3. 4연은 꿈의 진행과정이고, 5연은 꿈에서 나오는 단계이며, 6연은 꿈에서 깬 현실적 자아가 꿈에서 본 죽음의 의미를 반추하는 장면으로 볼 수 있을 것이다. 이렇게 이 시는 시상전개를 구조화 하고 있다. 동시에 터너의 그림에서 연상한 몽환적이며 그로테스크한 시의 공간을 창조한다. 그 창조 과정에 상상의 힘이 작동하고 있음은 물론이다.

하늘을 나는 물고기 올라타고 솟아오른다
현해탄 건너 섬나라는 너무나도 멀구나

물고기를 껴안고 한바탕 춤을 춘다
아이들이 보고 싶다

낚싯대 드리우고 바다를 유혹한다
남덕이가 물고기 요리하는 모습이 어른거린다

생각에 잠긴 베개만큼 큰 물고기 배에 이마를 기대고 거닌다
그림을 그린다

게 다리에 발가락을 잡혀 간지름을 탄다
맨발로 누워 있으면 모래밭 걷는 착각에 빠진다

—「이중섭의 마지막 일기」 전반부

이 시는 아이와 물고기, 그리고 게가 있는 이중섭의 유명한 그림을 시적 모티브로 한다. 6.25 전쟁 중 부산 영도 산비탈 판자 집에서 피난살이 할 때 그린 그림으로 알려져 있다. 그림을 구성하고 있는 사물을 연상시키는 이미지 사이에 현해탄 건너 일본에 있는

가족을 그리워하는 이중섭의 심정을 끼워 넣는 방식으로 시상을 전개하고 있다. 그 당시 이중섭은 생활고에 시달리고 있었고, 그것을 견디지 못한 일본인 아내는 어린 자식을 데리고 친정으로 갔다. 그것은 영원한 이별이 되었고, 이중섭은 생을 마감할 때까지 가족을 그리워하며 고통스럽게 살았다고 한다. 이 당시의 안타까운 이중섭의 정신적 상황은 일기로 남아 고스란히 전해진다. 이 그림은 아이가 물고기와 게를 데리고 노는 천진무구한 동심의 세계를 나타내고 있다. 이런 동심의 세계 이면에 드리워진 아이를 그리워하는 화가의 애끓는 심정을 화자는 상상하고 있다. 시는 일기에서 읽었던 화가의 감정을 그림과 중첩시키며 전개된다. 우선 1연을 놓고 보면 첫째 행이 화폭에 있는 물고기를 형상화하고 있고 둘째 행인 "현해탄 건너 섬나라는 너무 멀구나"는 화가의 마음이 그림을 그리면서도 가족이 있는 곳을 향하고 있음을 나타낸다. 2연도 마찬가지다. 첫째 행 "물고기를 껴안고 한바탕 춤을 춘다"는 그림에서 아이가 물고기와 놀고 있다고 상상하는 것이고, 둘째 행 "아이가 보고 싶다"는 이중섭의 아이에 대한 그리움을 직설적으로 제시한 것이 된다. 이렇게 이 시는 그림에 그려진 사물에 움직임을 부여하는 상상력과 화가의 가족에 대한 사랑을 겹치게 함으로써 시를 보다 입체화 한 것이 특징이다.

젖은 머리카락의 실루엣이

피아노 건반 위를 지나간다

텅 빈 방을 두드리는

〉

하현달

새벽으로 마음이 기운다

심장을 조각내는

선홍빛

허술한 의자에 웅크려 앉은

발데모사 수도원이 저 혼자

뚜벅, 뚜벅, 걸어온다

한 옥타브 아래에서 빗방울이 구른다

— 「F. Chopin」

「F. Chopin」은 음악을 시적 모티브로 한 시다. 이 때 시인은 쇼팡의 피아노 연주를 들으면서 음악이 주는 느낌이나 정서, 또는 감동을 언어로 표현한다. 그런데 시적 표현이 시각적 이미지를 중심으로 하고 있다. 이것은 청각적 대상을 시각화하고 있다는 의미가 된다. 귀로 들은 것을 눈으로 번역하고 있다는 뜻인데, 대개 음악을 소재로 한 시들이 이런 방법을 취한다. 이 경우 시인은 음악에서 어떤 장면을 연상해야 되고 그렇게 되기 위해서는 고도의 상상력이 있어야 한다. 이 시에서 화자는 피아노 연주를 들으며 피아노를 치고 있는 피아니스트의 모습을 상상한다. 첫째 행과 둘째 행이 바로 그것이다. "젖은 머리카락"은 혼신의 힘을 다하여 건반을 두드리고 있는 피아니스트의 제유로 읽혀진다. "텅 빈 방을 두드리는/하현달"이나 "심장을 조각내는/ 선홍빛"은 피아노곡이 서서히 상승곡선을 그리며 큰 울림으로 다가오는 과정을 이미지화한 것이다. 여기서 "빈 방"은 음악을 들으며 마음을 열어가는 빈 가슴이고 "하현달"은 처음 가슴으로 스며든 선율의 아름다움이다. 이렇게 스며든 선율은 서서히 빈 가슴을 채우며 큰 감동의 절정으로 상승하는데, 이것을 "심장을 조각내는 /선홍빛"으로 표현했다. 그 이하는 음악이 다시 하강곡선을 그리는 과정을 나타내는 이미지다. "발데모사 수도원이 혼자 걸어온다"는 이미지는 선율이 하강하면서 청자가 수도사와 같은 성찰의 고요한 마음의 상태에 이르게 됨을 나타낸 것이고 마지막 행은 음악이 주는 여운을 암시한다.

4

앞에서 화가와 음악가의 작품을 소재로 시적 상상력을 펼쳐 보여준 시들을 살펴봤다. 예술작품을 보든지 들으면서 연상된 상상의 세계인데, 그 앞에서 본 현실재현의 시와는 확연이 구분된다. 이 때 시는 현실 너머의 비실재적인 세계를 창조하게 된다. 다다이스트 트리스탄 짜라가 '예술은 모방이 아니라 창조해야 한다.' 고 했을 때, 창조란 현실이 아닌 비실재적 세계를 예술이 구현해내야 한다는 의미일 것이다. 짜라는 아리스토텔레스의 자연 모방론을 부정하고 창조론을 역설했다. 그 이전까지 예술은 현실이나 자연을 어떻게 그럴듯하게 그려낼 것인가에만 몰두해왔다. 그러나 창조론은 이런 예술의 태도를 부정한다. 결국 현실이 아닌, 또는 현실이 될 수 없는 상상의 세계를 예술이 가지고 와야 한다는 주장인 셈이다. 이런 관점으로 말한다면 시는 언어로 상상의 공간을 확보해야 한다는 주장이 된다. 고윤희의 첫 시집에는 앞에서 본 그림이나 음악에서 유추된 시 이외에도 상상의 힘이 느껴지는 시가 여러 편 있다.

그때 울리는
초인종 소리
외로움이 불러들인 관계,

그를 어둠 속으로 밀어버린다
펼친 책, 밑줄을 긋는다
첫 페이지 첫 문장 '구해줘'

비명이 들린다
벗어나야 한다

날카로운 빛이 거실을 찢는다
세 번째 초인종 소리와 천둥소리

덜그럭거리는 문고리
심장의 박동 소리가 창문을 깨뜨린다

난파선이 가라앉고 있다

젖은 커튼이 두 팔을 크게 휘젓는다

–「Mayday」 후반부

이 시는 강박에 시달리고 있는 현대인의 내면을 풍경화 한 것이다. 시의 공간은 거실인데, 이 안에 갇힌 시적 자아는 공포의 심리상태에 있다. 이 시대로 얘기하면 시적 자아는 거실 소파에 앉아서 책을 읽고 있다. 따라서 시적 자아를 짓누르고 있는 공포심은 책에서 유발된 것으로 볼 수 있다. 그렇게 추리하는 근거는 "첫 페이지 첫 문장 '구해줘'"하는 시행이다. 이것은 책의 내용이 시적 자아로 하여금 공포의 심리상태에 빠져들게 하고 있음을 암시한다. 한 번 불안, 초조, 공포의 심리상태가 되면 모든 사물은 그의 심리를 억압하는 대상으로 다가온다. 초인종 소리, 천둥소리, 덜그럭거리는 문고리 등이 강박의 기재로 작동한다. 이런 강박 때문에 시적 자아는 드디어 거실을 가라앉는 난파선으로 착각하는 환각 상태에 놓이게 되고, 이 때 들은 비명소리는 환청이다. 이런 정신상황에서 시적 자아는 구조해달라고 외칠 수밖에 없다. 이쯤 되면 무선 전송 원격통신에서 조난신호로 쓰이는 국제적인 긴급신호인 Mayday가 왜 이 시의 제목으로 왔는지 이해할 수 있게 된다. 현대 자본주의 사회는 엄청난 재화의 풍요를 구가한다. 그러나 그 재화를 얻기 위하여 현대인은 무한 생존경쟁으로 내몰리고 있다. 생존경쟁에서 낙오한 사람들은 초조, 불안, 피해망상, 강박 같은 정신질환을 앓게 된다. 이를 증명하듯 현대는 정신병원이 성황을 이룬다. 현대가 안고 있는 이런 정신 병리적인 징후들을 이 시는 포착하고 있다. 물신이 지배하는 현대는 휴머니티를 상실한 인간부재의 공포 속에서 조난신호를 보내고 있다는 시인의 세계 인식이 이 시의 배면에 있다.

여기서 언급하는 시들은 설명적인 구절이 거의 없다. 이미지 표현이 주를 이룬다. 그만큼 감각적이다. 그리고 의식을 추상하여 표현하는 경향이 있다. 초현실주의가 추구한 절연의 미학이 보이기도 한다. 이런 유형의 시들은 논리적 해석이 불가능하다. 언어가 환기하는 어떤 정서 상태를 느끼면 된다. 그것을 느끼기 위해서는 상상력의 힘이 있어야 한다. 언어미학을 추구하는 시들은 의미전달을 기피하는 경향이 있다.

바위 아래 엎드린
눈동자가 굴러간다

슬쩍 훔친 소매 끝에
강물이 출렁거린다

옷 한 벌 다 적시고
젖은 하루를 붙든다

입속말을 따라
젖은 꽃이 핀다

손가락 마디마디

깨진 거울처럼
하루가 어긋난다

－「깨진 거울처럼」 전문

시 「깨진 거울처럼」에서 행간에 잠복되어 있는 시적 자아는 하루 일과로 지쳐 있는 모습으로 상상된다. 파김치가 되어 어긋난 하루를 안고 귀가하고 있는 셀러리 맨, 아니면 근로자가 연상되는데 이것은 어디까지나 필자의 상상일 뿐이다. 독자마다 상상의 내용은 다를 수 있다. 시인이 무엇을 상정하고 썼던 간에 이런 유형의 시를 읽고 상상하는 내용은 독자의 몫이다. 이 시는 행과 행의 관계가 절연되어 있다. 논리적으로 연결될 수 없는 구문으로 결합되어 있다는 뜻이다. 초현실주의자들은 의도적으로 단어와 단어, 행과 행, 연과 연의 관계를 절연하는 기법을 즐겨 썼다. 그럼으로써 의외의 이미지가 창조되어 상상력을 확장한다고 믿었다. 관습화되고 인습화된 현실적인 의미관계를 제거해야 새로운 언어가 탄생한다고 주장했다. 절연된 단어나 행의 결합, 곧 원거리 언어의 결합은 기존의 의미를 박탈한다. 이 시의 1연에서 1행은 2행을 만남으로서 바위나 눈동자가 가지고 있던 본래의 사전적 의미는 사라진다. 전혀 다른 의미로 해석되어진다. 여기서 "바위"는 시적 자아를 억압하는 권력, 부 같은 거대한 힘으로 해석될 수 있고, "눈동자"는 그 힘에 눌려 눈치를 보고 있는 시적 자아의 의식을 추상한 이미지로 볼 수 있게 된다. 2연에서 ""슬쩍 훔친 소매"와 "출렁거리는 강물"도 마찬가지다. "훔친 소매"는 눈치 보며 무엇인가를 찾아 헤매는 소시민들의 의식을 추상한 것이고 "강물"은 노력하면 할수록 헤어나지 못하고 허우적거리는 의식을 추상한 것이 된다. 3연은 2연에서 유추된 이미지로 볼 수 있다. 물의 이미지에서 "젖은"의 이미지는 자연스럽게 연상되는 이미지다. 여기서 "젖은"은 '지친, 또는 파김치가 된'의 의미로 새롭게 태어나게 된다. 이렇게 이 시는 지치고 어긋난 소시민의 일상을 "깨진 거울"에 비춰진 환상적인 이미지로 그려내고 있다.

첼로 연주는
밤을 걷는다

머리카락 끝에 앉은 나비가
구두를 벗어든다

사뿐 발을 디딘다

별들의 소리를
거둬들이는 밤

―「산책」 전반부

시 「산책」도 앞의 「깨진 거울」과 표현기법이 거의 동일 선상에 있다. 좀 다른 점은 1, 2연의 각 둘째 행에 등장하는 서술구 "밤을 걷는다"와 "구두를 벗어든다"가 시의 제목 산책을 직선적으로 연상시킨다는 점이다. 그러나 앞에 오는 행 주어부가 상식적으로 호응되지 않는다. 즉 주어부와 서술부가 절연되어 있어서 환상적인 분위기를 연출한다. 시적 자아는 어디선가 첼로의 연주가 들려오는 밤에 한적한 곳을 걷는다. 구두를 벗어들고 맨발로 사뿐사뿐 땅을 밟으며 산책을 즐기고 있다. "머리카락 끝에 앉은 나비"는 경쾌하고 즐거운 심리상태에 있는 시적 자아를 변형시킨 이미지다. 이 시는 잡다한 일로부터 해방된 순수자아의 심리를 또렷한 이미지의 병치를 통하여 구현한다.

필자는 고윤희의 이번 첫 시집의 내용을 동경의 시와 현실재현의 시 그리고 상상의 힘이 느껴지는 시, 세 부류로 나누어 해설했다. 고윤희 시는 전체적으로 직설적 화법보다는 우회적 화법을 쓴다. 이미지 중심의 시를 지향한다. 시의 함축성을 기대한 화법으로 볼 수 있다.

현실은 우리를 구속한다. 끊임없이 우리를 압박한다. 인류의 역사는 현실로부터 억압된 자아를 해방시키고자 분투해 왔다. 일군의 시인들은 상상의 힘을 시에 끌어들여서 현실을 초월하고자 한다. 현실로부터 자아를 해방시키기 위하여 무의식의 깊은 갱내를 더듬기도 한다. 그래서 시는 늘 새로운 세계를 향하여 비상해 왔다. 이런 관점에서 이 시집에서 읽은 상상의 힘이 느껴지는 시들은 새로운 가능성을 열어 보인다. 앞으로 더욱 상상력의 폭과 깊이를 확장해 가기를 바란다. 그렇게 해서 고윤희 시인이 시인으로서 크게 비상하는 날을 고대한다.